24 间书店的
环球之旅

〔俄罗斯〕玛利亚·伊娃斯吉娜——著绘　绿茶　方睦词——译

海豚出版社
DOLPHIN BOOKS
CICG
中国国际传播集团

书店是人与书相遇的地方。在书店，你会获得新鲜的体验，也能更好地了解自我。

无论有意还是无意，书店都会给你带来全新的视角，以及接触他人思想和经历的机会。书店还能带给你惊喜，让你获得新的发现。当你翻阅一本封面独特的书籍时，或是与那些和你对同一本书感兴趣的书店店员、其他到访书店的读者交谈时，你会有全新的体会和感受。

在这本书里，我收录了世界上的 24 家书店。每家书店都有自己的品格，这些品格由书店创始人和店员们共同创造。每家书店都有自己的空间，无论是藏身于一间狭小的地下室，还是坐落在一座宏伟的大剧院内。每家书店还都有自己的历史，有些很短，有些则跨越几代人。

我着迷于发现不同书店的文化品格差异。所以，我邀请你跟我一起去发现这些别致的书店，就像书店邀请你来一场穿越时空的环球旅行一样。谁知道呢，也许有一天你真的会去推开这些书店的大门，亲自踏上那片承载不同故事的空间，找寻到那份只属于你的心灵栖息地。

这间书店坐落在一家历史悠久的剧院里，这座剧院曾见证过阿根廷最精彩的探戈表演。20 世纪初，阿根廷是世界上最富有的国家之一，其首都布宜诺斯艾利斯作为港口和贸易中心繁盛起来。那时，有 500 多万人从欧洲和亚洲移民到阿根廷，其中一个人是来自奥地利的马克斯 · 格鲁克斯曼。他在阿根廷创立了首家录音室，引入了音乐出版和唱片版税制度，为音乐家们的作品申请版权保护。

雅典人书店

阿根廷

布宜诺斯艾利斯，圣达菲大道 1860 号

雷科莱塔是布宜诺斯艾利斯最时尚的街区之一，为布宜诺斯艾利斯赢得了“拉丁美洲的巴黎”这样的盛名。1917 年，商人马克斯·格鲁克斯曼收购了位于雷科莱塔区的北方国家剧院，并委托建筑师设计了新的建筑方案，修建后的新剧院更名为“大光明剧院”，可谓名副其实。雅典人书店保留了大光明剧院的原有结构和装饰，拥有半球形屋顶，穹顶上的壁画由意大利画家萨纳雷诺·奥兰迪绘制，主题是和平。

1919 年

大光明剧院开业后，很快就成为布宜诺斯艾利斯的文化中心，这里上演了一系列由阿根廷著名艺术家呈现的芭蕾、歌剧和探戈表演。

1921 年

马克斯·格鲁克斯曼已经成为阿根廷电影和音乐界最有影响力的人物之一。剧院是他的唱片公司“国家音乐厅”的创作基地。

格鲁克斯曼有着非凡的音乐直觉。当他第一次听到卡洛斯·加德尔的声音时，他就意识到自己发掘到了宝藏。

他随即签下了加德尔。加德尔果然成为当时最受欢迎的音乐明星，一个真正的国际巨星。加德尔第一张大获成功的唱片就是在这个剧院录制的。

1924 年

马克斯·格鲁克斯曼开办了自己的广播电台——辉煌电台，并直接在剧院进行广播。

1926 年

大光明剧院被改造成了一家电影院。电影院里播放无声电影，并伴有现场探戈乐队表演。

1929 年

大光明剧院成为阿根廷第一家放映有声电影的电影院。

1934 年

马克斯·格鲁克斯曼开办的阿根廷辉煌电台和美国国家广播电台联合组织了一场演出。由卡洛斯·加德尔在纽约演唱，吉他手在布宜诺斯艾利斯同步为他伴奏。这是世界上最早的跨越国际的广播之一。

1991 年

因为经济不景气，即将停业的大光明剧院进行了最后一场电影放映。这座壮观的、具有重要历史和文化意义的建筑也已经年久失修。

2000 年

当地商人阿道夫·德·文森西在学生时代经常来这里看电影。当他得知大光明剧院即将被拆除时，便以他的公司“雅典人”的名义买下了这家剧院。后来，他对这座建筑进行了翻修，不仅恢复了往日的辉煌景象，还将其改造成了书店。原来的电影院座位被书架所取代，而那些具有历史感的景观则被保留了下来。包厢座位被布置成了舒适的读书角，带有厚重窗帘的舞台变成了文艺咖啡馆，这里还有现场音乐表演，就像从前的舞台那样，仿佛延续了剧院的艺术生命力。

雅典人公司旗下有 40 多家连锁书店和一家雅典人出版社。雅典人出版社自 1912 年创立以来，一直为阿根廷读者引进并翻译经典的文学作品。1968 年，雅典人出版社推出了一系列讲座和作家签名活动，这些活动最终发展为布宜诺斯艾利斯国际书展，这是世界上五大图书交易展会之一。

阿道夫·德·文森西

布宜诺斯艾利斯被称为“世界图书之都”，城市里有 730 多家书店，雅典人书店是其中的佼佼者。自 1919 年以来，这座建筑里一直在展演各种艺术——从戏剧和探戈表演，到演播室录制和广播，这些艺术活动见证了布宜诺斯艾利斯的时代变迁与激情。在它的每一个发展阶段，无论是早期的剧院，还是后来的电影院，或者是现在的书店，都如它的名字般，光明耀眼。

维芭达 1047 书店每天上午 10：47 开始营业。店主尤兰达·奥扎认为，以维芭达命名他的书店非常合适。维芭达是公元 1047 年首位被正式封为圣徒的女性，瑞士著名的圣加仑修道院图书馆入口上方的希腊铭文“ΨΥΧΗΣ ΙΑΤΡΕΙΟΝ”就是维芭达保存下来的，意思是“灵魂的治愈之地”，现在这句话也成了维芭达 1047 书店的座右铭。

1 维芭达 1047 书店

维芭达 1047 书店所在的建筑始建于 1943 年，后来被改造成书店。如今，这家书店占据了整栋楼的全部空间，从地下室到阁楼，被分为了阅读区、会议区、咖啡区、露台区等不同区域。这家书店专注于给孩子和成人提供伊比利亚美洲文学作品。

维芭达 1047 书店
哥伦比亚

波哥大，71 街 10-47 号

世界上最大的户外书店位于美国加利福尼亚州的奥海镇。书店里的书架朝向街道，书店还有一个洒满阳光的院子，读者可以坐在院子里的树荫下读书。1964 年，理查德 · 巴廷斯戴尔萌生了将他的藏书分享给邻居和路人的想法，这个想法来自他当兵期间在法国见过的书摊。于是，他在家门口的人行道上摆放了一些书架和空的咖啡罐，过路人如果想要买书，就在咖啡罐里留下钱。由此还带来了一种完全依赖顾客自律的图书销售模式。

巴氏户外书店
美国

加利福尼亚，奥海镇，玛蒂利亚西街 302 号

随着时间的推移，巴氏户外书店逐渐成为美国最大的独立户外书店，目前大约有 13 万册图书在售。书店不仅安装了铁皮板来挡雨，还安装了遮阳板避免书籍被阳光直射。

由于奥海镇所处的山谷气候干燥，雨季短暂，这家书店全年都能够营业。

城市之光书店
美国

加利福尼亚，旧金山，哥伦布大道 261 号

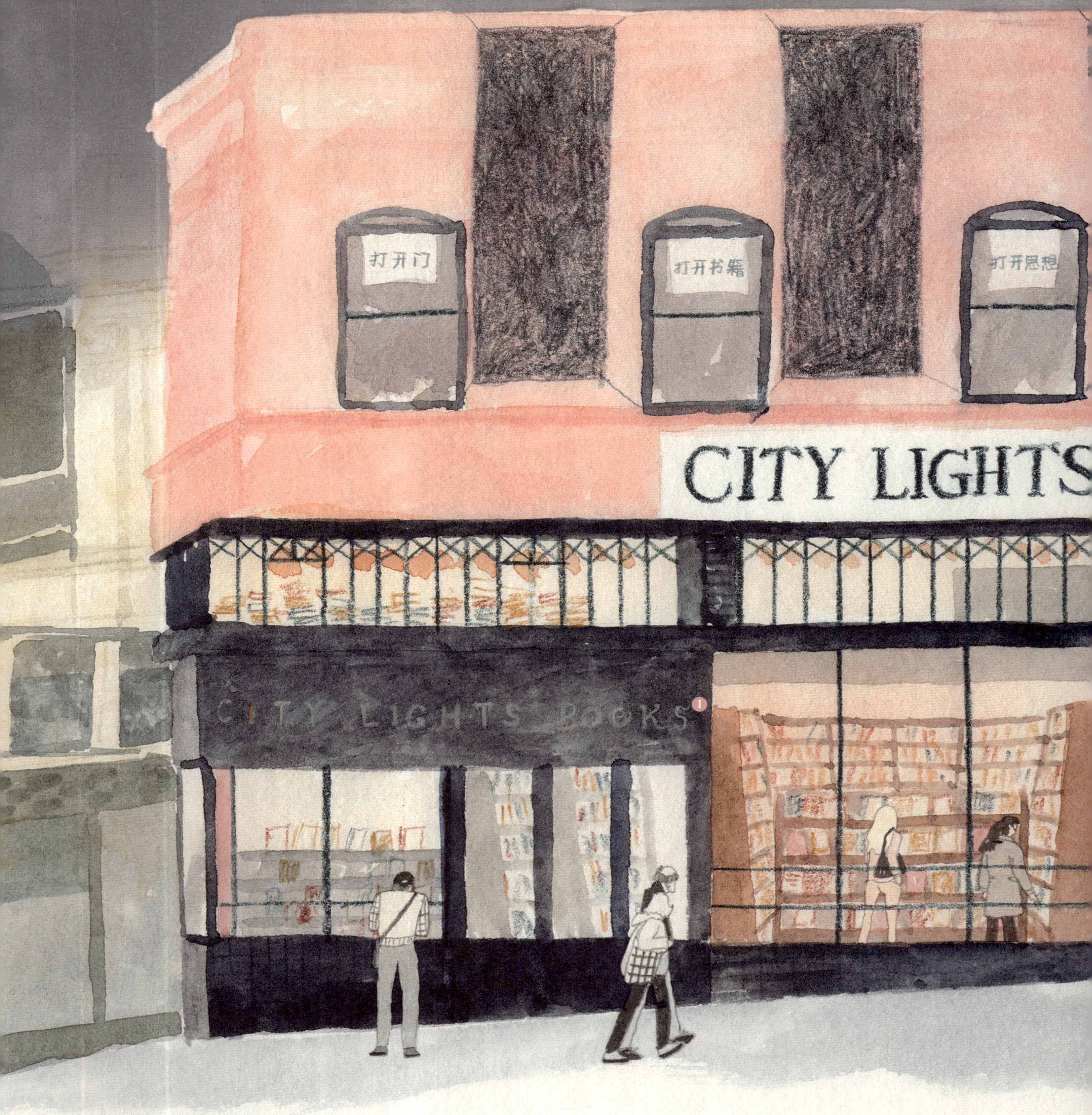

“城市之光”是美国文学史上具有标志性的书店和出版公司。它在“垮掉的一代”的崛起中发挥了核心作用，并对美国人的思想产生了重大影响。如今，它已经成为美国最先锋的独立出版公司之一，是进步思想和另类文化的中心。世界各地的游客会专程前来，欣赏这个位于旧金山北部沙滩地区的知名地标。在这里，文学第一次在美国变得如此受欢迎。

“垮掉的一代”是20世纪40年代中期在美国涌现的一群年轻诗人和作家的集合体。这个名称是杰克·凯鲁亚克比照二战前“迷惘的一代”提出的。“垮掉的一代”是一场社会运动和文学运动，它以自发性和即兴创作为特征。“垮掉的一代”重视过程胜过结果，其代表人物有威廉·S. 巴勒斯、杰克·凯鲁亚克、艾伦·金斯堡等。

I II 城市之光书店

1952 年

彼得·D. 马丁创办了一份流行文化杂志，以查理·卓别林的同名电影《城市之光》命名。杂志刊载了美国诗人罗伯特·邓肯、杰克·斯派塞、菲利普·拉曼蒂亚和劳伦斯·费林盖蒂等人的作品。

1953 年

为了支持杂志出版，马丁创办了美国第一家专门出售平装书的书店。诗人劳伦斯·费林盖蒂经过书店所在的阿蒂格斯大厦时，看见了“城市之光口袋书店”的招牌。费林盖蒂随即找到马丁，告诉他自己是《城市之光》杂志的撰稿人，并且他非常想拥有一家书店，因为他的朋友乔治·惠特曼不久前在巴黎开办了一家书店——米斯特拉尔书店（后来更名为莎士比亚书店）。

随后，费林盖蒂成为马丁的合作伙伴，他们开始销售高品质的平装书和非主流的报纸、杂志，还在书店外的人行道上摆放书架，售卖二手书籍。晚上，这些书架就像巴黎塞纳河沿岸的二手书报亭一样关闭。城市之光书店每天营业至凌晨 1 点，逐渐成为文学聚会的场所，年轻作家们聚集在这里交流思想、阅读、写作、聊天。

20 世纪 50 年代之前，美国书店主要出售精装书，年轻的写作者们都买不起这些书籍。当时的“正统”文学作品几乎都不是平装形式的。平装书多在药店、公共汽车站附近，或是在报摊、杂货店中以期刊形式售卖，内容大多是侦探小说或爱情小说。城市之光书店让纽约的出版商相信，平装书是有市场需求的。城市之光也逐渐成了美国第一家专注于销售平装书的书店。

* “垮掉的一代”核心成员。

1955—1956 年

1955 年 10 月 7 日，在旧金山市的六画廊内举行的诗歌朗诵会上，艾伦·金斯堡向公众朗读了他的《嚎叫》，这首诗颠覆了人们对诗歌的传统认知。费林盖蒂很快意识到，金斯堡将是美国诗歌史上一个伟大的发声者。与此同时，马丁移居纽约，并将书店股份全部卖给了费林盖蒂。随后，费林盖蒂推出城市之光的“口袋诗人”系列图书，并出版了诗集《嚎叫》。然而当诗集发行后，却引发了争议，当地海关以其涉嫌低俗内容为由，扣押了已印刷的图书。审判过程中，加利福尼亚高级法庭驳回了这一指控，将其裁定为具有“可取的社会价值”的图书 。这一裁定使得更多内容激进的图书陆续被出版。《嚎叫》的出版标志着美国文学界一场新运动的开始。

1960 年

城市之光书店创建了城市之光剧院，成千上万的人聚集在剧院和城市各地的礼堂参加文学活动。城市之光书店因此成为旧金山地下文学的中心。

1980—1990 年

城市之光书店一本接一本地出版新书，和垮掉派作家携手，为美国读者创造了自由和批判性思考的机会。它还推出了系列诗集《城市之光聚焦》，旨在推广新兴诗人的作品。

2001 年

城市之光书店被评为旧金山历史地标，原因在于它“在旧金山和美国的文学及文化发展中具有开创意义”，并且出版了来自世界各地作家的作品。

2023 年

城市之光书店仍然是处在社会前沿的独立文学的中心。

书店每月都会举办当代作家的活动。在过去的 70 多年里，城市之光书店培育并捍卫了写作者思考、写作、辩论和表达不同意见的权利。

城市之光书店位于旧金山主干道哥伦布大道的三角形建筑——阿蒂格斯大厦内，这条大道斜穿过城市的矩形街道网格。该建筑由奥利弗·艾弗雷特设计，并以其所有者阿蒂格斯的名字命名。起初，书店与其他公司共同占用大厦，后来书店扩大了规模，最终占据了整个大厦。

进入书店后，入口处的右侧有一个狭窄的楼梯，楼梯通向一个小夹层，起初马丁将这个夹层当作他的办公室，《城市之光》杂志就是在这里诞生的。书店的后面有一个地下室，人们即使不买东西，也可以坐在那里看书。杰克·凯鲁亚克、艾伦·金斯堡、尼尔·卡萨迪等作家经常待在那里。

通往地下室的楼梯上有一个信件架，来书店的客人可以在那里取邮件。书店里还有一个巨大的公告栏，作为当地人的交流中心，公告栏上有很多拼车、公寓租赁、恋爱交友等信息。诗歌类书籍在书店顶层拥有自己的独立空间，那里有美国种类最多的诗集。书店经常举办阅读、图书签售会和作家签名活动。书店的一层主要销售小说、杂志、期刊、艺术书籍，以及城市之光自己出版的图书和各类小型出版社的书籍。每位书店员工都有自己的专业特长，确保书店陈列的各类图书的质量。

I II III 城市之光书店

科隆书店
摩洛哥

丹吉尔，巴斯德大道 54 号

二战后，丹吉尔成为一代作家和艺术家的天堂，他们在那里享受着自由的环境和多语种的氛围。

位于巴斯德大道的科隆书店，由比利时的杰罗菲家族于 1949 年创立，是知识分子主要的活动中心和聚会场所。威廉·S. 巴罗斯、让·日奈、保罗和简·鲍尔斯、田纳西·威廉斯、帕特里西亚·海史密斯以及艾伦·金斯堡都曾在这里进行创作。

直到今天，这家书店仍以其大胆的风格和书籍的多样性而闻名，不同的文化在这里交汇。当西班牙处于佛朗哥政权统治时期，它甚至在距离西班牙仅几千米的地方出售反佛朗哥的书籍。

今天，科隆书店主要销售法语、英语、西班牙语和阿拉伯语四种语言的高品质小说，以及关于艺术、摄影和建筑的珍本书籍。

书店还定期举办讲座、读书会、观影派对和展览。

Coca-C
LIBRAIRIE DES COLONNES Ⅰ
BOOKSHOP Ⅲ
LIBRAIRIE
DES
COLONNES Ⅱ

Ⅰ Ⅱ 科隆书店

Ⅲ 书店

贝特朗书店
葡萄牙

里斯本，奇亚多街区，鲁阿 · 加勒特 73-75 号

＊我们证明此书购自世界上最古老的书店。

贝特朗书店始建于1732年，位于里斯本的波希米亚风情区——奇亚多街区，是世界上最古老的书店。起初，贝特朗书店不仅卖书，还经常举办文学沙龙、诗歌朗诵会和政治讨论会。随着时间的推移，它已经发展成为在葡萄牙拥有50多家分店的连锁店。书店有七个分区，每个区域都有古老的“顶天立地”的书架、滑轮梯子和木制台阶。当你购书时，店员会询问你是否需要在书上加盖“我们证明此书购自世界上最古老的书店”的印章。多年来，贝特朗书店历经一次地震、一次内战、两次世界大战，见证了九位国王的统治、三个共和国以及欧洲的统一，店内的书籍记录了这些历史。

I 书店 & 咖啡
II 贝特朗书店

莱罗书店
葡萄牙

波尔图，卡梅利特街 144 号

身处莱罗书店就像踏入历史书中的某处场景。书店外面装饰着明亮的瓷砖和彩绘图案，而步入书店，内部却出人意料的昏暗。书店内设有雕刻精美的木板、从地板到天花板的书架、葡萄牙作家的半身像以及彰显创始人风采的浮雕像。书架上的书籍留存了那些曾被莱罗书店收购的出版社和书店的记忆。书店内仍然保留着在书架之间搬运书籍的轨道和一辆木质推车。书店中央有一个精美的叉形楼梯，通往二楼的回廊。天花板上装饰着一扇由荷兰大师杰拉德斯·塞缪尔·范·克里肯在最古老的葡萄牙工作室创作的巨型彩色玻璃窗。玻璃上刻有店主名字的首字母组合和他们的座右铭“Decus in Labore”，意思是“为工作而骄傲”，这也是自 1906 年以来所有在这家书店工作的人所遵循的准则。

莱罗书店位于一座新曼努埃尔式建筑中。新曼努埃尔式是一种源自葡萄牙的建筑风格，以国王曼努埃尔一世（1495—1521 年在位）命名。那个时期是葡萄牙作为海上强国的黄金时代。新曼努埃尔式建筑风格不仅代表着大航海时代，还将哥特式和穆德哈尔式建筑元素、文艺复兴风格以及异国元素融为一体。

1 莱罗书店

1858 年

埃内斯托·夏多龙从法国前往葡萄牙，起初，他的叔叔在波尔图一位朋友的书店里为他安排了一份工作。在那里，夏多龙不仅学会了葡萄牙语，还深入了解了图书市场的来龙去脉。后来，他成为了一位书商和出版商。

埃内斯托·夏多龙

1869 年

夏多龙中了彩票，他用得到的奖金在波尔图的教士街开设了一家“埃内斯托·夏多龙国际书店”，开始出版葡萄牙和法国最优秀的作家的作品。

1881 年

热爱书籍、音乐和文化的约瑟·莱罗实现了自己的梦想，在波尔图的阿尔马达街开设了一家书店。莱罗很快赢得了包括夏多龙在内的同行的认可。他想不到的是，下个世纪在几个街区外将有一座以他的名字命名的建筑。

1894 年

夏多龙去世后，约瑟·莱罗和他的兄弟安东尼奥·莱罗收购了埃内斯托·夏多龙国际书店及其所有的图书版权，肩负起既销售书籍，又出版书籍的使命。

1906 年

莱罗兄弟已经是富裕的有产阶级，他们聘请了同样热爱书籍的工程师弗朗西斯科·哈维尔·埃斯特维斯，在卡尔莫街设计并建造了一座新的书店——莱罗书店。该书店于 1 月 13 日正式开业。

这家书店从 1906 年一直存续至今。为了纪念夏多龙这位对图书事业做出过巨大贡献的人，书店的门上挂上了“夏多龙书店”的招牌。

1920—1950 年

莱罗书店逐渐成为葡萄牙最大的出版社，同时也是文学作品的主要进出口商之一。莱罗书店首次将威廉·莎士比亚、亚历山大·大仲马、居斯塔夫·福楼拜、米格尔·德·塞万提斯、维克多·雨果和查尔斯·达尔文的作品翻译成葡萄牙语，并与葡萄牙最优秀的作家的作品一同出版。

2013 年

莱罗书店被葡萄牙文化遗产总局认定为公众利益古迹，成为葡萄牙最重要且独特的折中主义建筑。它出现在许多“世界最具标志性的书店”名单上。

约瑟·莱罗

安东尼奥·莱罗

2015 年

为了吸引游客成为读者，莱罗书店引入了代金券系统：游客需要购买门票才能进入书店，但是门票可以充当购书的代金券使用。

2018 年

经过精心的修复，莱罗书店恢复了 1906 年的建筑原貌。在修复过程中，人们在书店的柜台和书架后面发现了一些彩票，这些彩票都是游客贴上去的，他们想借此沾沾埃内斯托·夏多龙的运气。为了延续这一传统，书店现在每年周年庆之际都会举办彩票抽奖活动。

2019 年

为表彰文学和科学领域的成就，莱罗书店设立了私人文化奖，这也是欧洲最大的私人文化奖项之一。

❶ 非凡彩票

2020—2021 年

莱罗书店发起了一个文学奖征稿活动，吸引了来自 39 个国家的 5600 多份投稿，最终评选出了 6 部获奖作品。获奖作品的合订本《隔离短篇小说集》由莱罗书店以葡萄牙语、英语和西班牙语三种语言出版。

为了成为最大的私人书籍收藏机构，莱罗书店在世界各地的书店、珍本书商处和古籍拍卖会上寻找珍稀古籍。

例如，书店收购了葡萄牙当地拥有百年历史的已破产的科英布拉出版社的藏书，以保存这家标志性出版社的记忆。

2023 年

莱罗书店已成为艺术和书籍爱好者的聚会场所。书店每个月都会举办图书推介会、作品讨论会、作者讲座，以及有演员参加的现场读书会等。

佩雷斯·加尔多斯书店

西班牙

马德里，奥尔塔莱萨街 5 号

① 佩雷斯·加尔多斯书店

这家以西班牙现实主义小说家贝尼托·佩雷斯·加尔多斯命名的书店，是他的孙子贝尼托·佩雷斯·维尔德创立的。自 1942 年以来，这家书店一直没有太大变化。书店内有一个专门用于展示加尔多斯作品的角落，墙上挂着一幅他的肖像，摆满小说、哲学著作和宗教小册子的书架也保持着从前的风貌。这家店专营珍稀旧书。你想要的书几乎都可以在这里找到！读者怀揣着看似不可能实现的期待来到这里，没想到真的能找到自己一直在寻找的那本书。这家书店不仅在西班牙国内享有盛名，在国外也很有名，许多来自不同国家的人特地来到马德里，只为在这家书店里找到一本他们认为早已绝版的书。

奥尔塔
莱萨街
ALIMENTACION
长期优惠

涨潮书店
意大利

威尼斯，圣玛利亚福莫萨长街 5176b 号

涨潮书店是世界上唯一一家使用贡多拉船当书架的书店，它位于威尼斯，其名字直译过来是“高水位书店”。当运河水位一高，水便会浸湿整间书店，所以书店里的书被放在浴缸、防水箱里，甚至还有一艘完整的贡多拉船也被用作书架。在后门廊，你会发现一个由被水淹过的旧书搭成的楼梯。而所谓的“防火梯”，实际上只是一扇直接通向运河的门。这家书店的藏书和它的外观一样包罗万象。在这里，你可以找到不同语言的新书和旧书，书店里还有一个专门摆放威尼斯相关书籍的区域。

ALTA
ACQUA
Libreria

亚特兰蒂斯书店
希腊

圣托里尼岛，伊亚镇，尼古劳·诺米库街

亚特兰蒂斯书店坐落于希腊的圣托里尼岛，这里曾是一位船长的家。2004 年，几个被圣托里尼岛的美丽风光所吸引的年轻人，共同创立了这家书店。如今，这家书店成为岛上最受游客喜欢的景点之一。书店的书架上摆满了不同语言的书籍，有精心挑选的诗歌、散文、珍稀古籍和收藏家珍藏的初版书籍。此外，书店里还有一个很大的区域专门用于摆放希腊文学作品。

在旅游淡季，书店还会出版书籍，开办书籍装帧工作坊，并在可以俯瞰爱琴海的露台上放映电影。

1 亚特兰蒂斯书店

光之旋转木马书店
罗马尼亚

布加勒斯特，利普斯卡尼街 55 号

光之旋转木马书店所在的这座精美建筑始建于 19 世纪，1903 年被希腊银行家尼古拉斯·克里索维洛尼买下。起初，这座建筑是克里索维洛尼银行总部所在地，后来被政府没收并改造成杂货店和服装店。在接下来的几年里，这座建筑逐渐衰败并被废弃，直到老银行家的曾孙设法收回了产权。

之后，他花费大量财力、人力对这座建筑进行了翻新。2015 年，一家宽敞明亮的书店开门营业，并迅速成为这座城市的文化中心之一，书店里经常举办书籍发布会、音乐会和艺术讲座。
这家书店共六层（包括地下室的一个多媒体空间），一楼有一间当代艺术画廊，顶层则在玻璃天花板的映照下开设了一家咖啡馆。

莎士比亚书店
法国

巴黎，书商街 37 号

莎士比亚书店是 20 世纪全世界最著名的独立书店之一。事实上，历史上存在过两家以莎士比亚命名的书店。故事始于美国人西尔维娅·毕奇，她出于对法国当代文学的热爱而来到巴黎。在这里，她遇到了阿德里安娜·莫尼耶——巴黎最早独立开办书店的女性之一。受此启发，西尔维娅在 1919 年创办了一家名为莎士比亚书店的英文书籍专卖店。

这家书店很快成为英语文化的中心，吸引了来自世界各地的艺术家和作家，也是欧内斯特·海明威、弗朗西斯·斯科特·菲茨杰拉德、T.S. 艾略特、埃兹拉·庞德、格特鲁德·斯坦、詹姆斯·乔伊斯以及其他许多“迷惘的一代”作家的聚会场所。然而，在第二次世界大战期间这家书店被迫关闭。1951 年，另一位美国人乔治·惠特曼在塞纳河畔开了一家书店，后来改名为莎士比亚书店。这家书店很快成为阿娜伊斯·宁、理查德·赖特、胡里奥·科塔萨尔、亨利·米勒和詹姆斯·鲍德温等著名作家的聚集地。

Ⅰ Ⅲ 莎士比亚书店

Ⅱ 古籍

1919 年

西尔维娅·毕奇创立了第一家莎士比亚书店，这家店一半是书店，一半是借阅图书馆。来书店的人不用购买也可以阅读这里的书籍。

1921 年

这家书店变得非常受欢迎，西尔维娅·毕奇不得不把它搬到奥德翁街上的一个更大的空间，新的书店就在阿德里安娜·莫尼耶的书店对面。有才华的艺术家和作家们频繁光顾这里。

1922 年

西尔维娅·毕奇对当代先锋文学很感兴趣。她热情地推广新作者，把年轻作家的手稿寄给编辑。当其他出版商都不敢出版的时候，她出版了她的朋友詹姆斯·乔伊斯所写的现代主义小说《尤利西斯》。

1941 年

法国被德国占领期间，西尔维娅拒绝把最后一本《芬尼根的守灵夜》卖给一名德国军官，因此被迫关闭了莎士比亚书店。她在维特尔的一个拘留营里度过了 6 个月，然后回到巴黎。尽管她设法守住了自己的书籍，但莎士比亚书店再也没有重新开张。

1951 年

美国人乔治·惠特曼在塞纳河左岸，巴黎圣母院对面的书商街 37 号开了一家名为“米斯特拉尔”的书店。这家书店很快成为巴黎外籍作家文学生活的中心。

1959 年

西尔维娅·毕奇出版了她的回忆录《莎士比亚书店》。

1964 年

在威廉·莎士比亚诞辰 400 周年之际，乔治·惠特曼将他的书店更名为“莎士比亚书店”，以向他敬仰的西尔维娅·毕奇致敬，希望通过书店将她的事业精神努力传承下去。

书店从开业起，就允许访客们在书架

间的小床上过夜，到了白天这些小床就会充当长凳使用。乔治·惠特曼希望以此方式回馈他在游历美国、墨西哥和中美洲时所受到的慷慨款待。

乔治·惠特曼称住在书店的客人为“风滚草”，意思是他们就像那些随风漂泊、随遇而安的野草一样。他对每一位“风滚草”客人有三个要求：每天读一本书，在书店帮忙，以及写一篇一页纸的自传。成千上万份自传被收集起来，记录了一代又一代旅行者和作家的故事。

2003 年

乔治·惠特曼的女儿西尔维娅·惠特曼（以西尔维娅·毕奇的名字命名）举办了一场名为“莎士比亚文学节”的文学盛宴。

2006 年

西尔维娅·惠特曼正式接管书店，并致力于其持续发展。她延续了父亲的做法：为“风滚草”们准备的床铺仍然隐蔽存放在书架之间。书店每周的活动也一直在吸引并鼓励着作家和读者。

2011 年

莎士比亚书店推出“巴黎文学奖”，这是一个向全球未出版过作品的作家开放的文学奖项。

2015 年

西尔维娅·惠特曼实现了她父亲想在书店附近开一家咖啡馆的梦想。同年，书店推出了每周一期的播客节目《莎士比亚书店：作家、书籍与巴黎》，邀请国际知名作家前来对谈，并在书店现场进行录制。制作团队还推出了年度订阅服务——“阅读年套餐”，由书商挑选书籍，并以礼品包裹的形式寄给订阅者。

2016 年

书店出版了一本关于其发展历程的著作——《莎士比亚书店，巴黎：一间心灵杂货店的历史》。

茹索姆书店是一家历史悠久的旧书店，位于薇薇安拱廊街内。薇薇安拱廊街于1826年开业，以其新古典主义装饰——玻璃屋顶、马赛克瓷砖地面、绘画和丰富的装饰品，成为当时巴黎最美丽的有顶通道之一。这里也曾是艺术家、知识分子和中产阶级的聚会场所，是彼时巴黎右岸的文化地标之一。这家书店自薇薇安拱廊街开业以来就一直在这里经营。书店内珍藏了大量19世纪到20世纪的书籍、明信片、印刷品和版画。现任店主是弗朗索瓦·茹索姆，自1890年以来，他们家族一直在经营着这家书店。

茹索姆书店
法国

巴黎，薇薇安拱廊街 45-46-47 号

Ⅰ Ⅲ 装帧服务

Ⅱ 古籍与当代书籍专卖

布赫博根书店位于萨维尼广场轻轨站旁，在一座高大的砖砌铁路高架桥下，桥上常有黄色和红色相间的火车呼啸而过。1980 年，露蒂尔德 · 施潘根贝格将其中两个拱门由汽车修理厂改造成了一家书店，并设立了一个关于艺术与建筑的展览空间。

布赫博根书店
德国

柏林，萨维尼广场轻轨站，拱门 593 号

书店的每个拱门里都有一个不同领域的图书专区：电影、摄影、艺术、建筑，以及专门介绍柏林的书籍等。在这里，你可以找到种类繁多的书籍，无论是畅销书还是关于字体设计的珍稀书籍，应有尽有。此外，每个专区都收藏有丰富的专业杂志。来自世界各地的人们来到这里，只为寻找独特的艺术书籍。

❶ 布赫博根书店

多米尼加书店（天堂书店）
荷兰

马斯特里赫特，多米尼加教堂街 1 号

多米尼加书店，又称“天堂书店”，位于荷兰最古老的城市之一——马斯特里赫特，坐落在一座正统的多米尼加教堂内。这座教堂建于 13 世纪，是荷兰境内第一座哥特式大教堂。在近 5 个世纪的岁月里，这里一直是一个修道院，直到 1794 年法国军队入侵并占领了马斯特里赫特。在此后的两个世纪里，这座大教堂先后被用作法国骑兵的马厩、城市仓库、音乐厅、蛇园、拳击场和自行车存放处。

2006 年，这座教堂被改造成了一家现代化书店，教堂内的彩色玻璃窗、绘画和天花板壁画被精心修复了。在书店的墙壁上，你仍然可以看到创作于 1337 年的壁画，这是目前已知最古老的壁画之一，描绘了著名哲学家托马斯·阿奎那的生平。存放书籍的两层钢架被特意安装在远离壁画的一侧，以免破坏这幅历史悠久的艺术杰作。

人们还可以爬到书店的顶层，以便更近距离地欣赏这座教堂天花板上绘于 1619 年的古老壁画。以前的唱诗班席位如今是一个舒适的咖啡馆，是举办文化活动、作者签售会、讨论会、讲座、访谈和音乐会的中心。这座古老的教堂拥有独特的环境和氛围，人们在浏览书籍的同时，也能沉浸在浓厚的历史和文化底蕴中。

“水上的字”是一家水上书店，坐落在一艘有百年历史的驳船上，这艘船最早的名字是“电梯”。

驳船内外摆满了经典作品及当代书籍，既有新书，也有二手书。船顶平台可以举办开放麦、书籍朗诵和诗歌会等活动。书店坚持每天营业，风雨无阻。夏天，游客可以在运河边的草地上野餐、翻阅书籍并欣赏现场音乐。冬天，人们可以在驳船内躲避寒冷，围坐在火炉旁读书。

2011 年，帕迪·斯克里奇、乔纳森·普里维特和斯特凡·肖达共同创办了这家水上书店。由于当时运河与河流信托机构的规定，书店不得不每两周更换一次停泊位置，这也就意味着每次更换位置，书店都必须重新对书籍进行打包和拆包。幸运的是，2015 年时这家水上书店终于获得了永久停泊的许可证。如今，当你漫步在国王十字区谷仓广场附近的摄政运河旁，便能在纤道上看到它停泊在那里。

I 书店入口
II 水上的字

水上的字书店
英国

伦敦，码头路花园附近的摄政运河

巴特书店
英国

诺森伯兰郡，阿尼克镇，阿尼克火车站

巴特书店是一家二手书店，位于一座维多利亚时代的火车站内。该火车站于 1887 年在阿尼克这个小镇上建成，至 20 世纪 60 年代停止客运服务。

这家书店保留了火车站的原有特色。店主玛丽 · 曼利和斯图尔特 · 曼利夫妇非常用心地修复了这座火车站的铸铁壁炉、车站时钟、饮水喷泉、部分玻璃屋顶和候车室。书店内，冬日壁炉里燃烧的火焰、书架上方的火车模型、专门的童书区和装有古籍的玻璃柜等，营造出了别具一格的阅读氛围。

巴特书店是欧洲最大的二手书店之一，藏书量超过 35 万册，从罕见的 18 世纪珍本书到流行的现代平装书，应有尽有。正如它的店名“Barter”（物物交换）一样，这家书店提供“以物换物”服务，顾客可以用自己的书来交换店内的其他二手书或换取未来购书的额度。

波浪悄然起伏，
的激荡。
85
87
旅游与地理
英国

自 1997 年以来，斯图尔特 · 曼利一直在为恢复阿尔恩茅斯至阿尼克之间的铁路线而奔走。目前，游客可以乘坐火车在原路线中已修复的一小段轨道上行驶观光。

1887 年

这座由威廉 · 贝尔设计的维多利亚时代的火车站正式开放。对于阿尼克这样一个小镇来说，车站的宏伟程度着实令人瞩目，它之所以有这样的规模，是因为附近有诺森伯兰公爵的府邸——阿尼克城堡。这座火车站注定会给来访的皇室成员留下深刻印象。

1908 年

诺森伯兰公爵与其他显要人物在阿尼克火车站迎接威尔士亲王和王妃——未来的国王乔治五世和王后玛丽。

1968 年

在为游客服务了 80 年后，作为英国国有铁路系统重组的一部分，这座火车站关闭了。

❶ 保持冷静 继续前行

1991 年

玛丽·曼利和斯图尔特·曼利决定开一家二手书店，书店就开在位于维多利亚火车站的斯图尔特玩具火车工厂的前厅。三十年后，这家最初只有一个房间的小店，已经扩大到占据了火车站的大部分空间。以前的车站入口处变成了儿童书籍专区，原火车站台的一部分如今摆满了书架，成为书店中引人注目的中心区域。游客仍然可以在候车室里看报纸、喝咖啡，墙上挂着一幅头戴高顶礼帽的约翰·帕特森的画像，他一直看着这里的变迁。约翰·帕特森是阿尼克站的最后一位站长。

2000 年

曼利夫妇在买到的一箱旧书里发现了一张写有“保持冷静，继续前行”的海报。这张海报是 1939 年英国政府为了激励和安抚公众所制作的。曼利夫妇被其简洁、现代的设计所吸引，将其装裱后摆在书店进行展示。这张海报很快便引起了人们的注意。不久后，书店开始出售海报复制品，这些复制品广为流传。就这样，21 世纪最具辨识度的设计标语之一诞生了。

❶ 巴特书店

布拉杜尔尼·埃约尔夫松书店

冰岛

弗拉泰里，哈夫纳斯塔街 3 号

布拉杜尔尼·埃约尔夫松书店是一家历经四代传承的家族书店，位于冰岛西峡湾区的一个小渔村。自 1914 年书店首次开业以来，所有的陈设和装饰几乎没有变过。在这里，顾客仍然可以按重量购买二手书，并使用那台具有百年历史的秤来自行称重。同时，书店提供了很多精选的现代冰岛书籍和其他语言的译本，还出售当地特产以及来自世界各地、拥有百年历史的公司生产的奢侈品。

书店创始人约恩的公寓现在也面向游客开放参观。走进这间公寓，仿佛穿越到了七十年前的时光。这个家族在公寓里居住了一百多年，现在这个公寓已经开始对外出租。这里很有可能是冰岛唯一一间自 20 世纪上半叶至今几乎保持原貌的公寓。

1 布拉杜尔尼·埃约尔夫松书店

学术书店
芬兰

赫尔辛基，北埃斯普拉纳迪街 39 号，中央街 1 号

1893 年，阿尔瓦·伦奎斯特和格斯塔·布兰德斯创立了学术书店。这里不仅是一个具有独特氛围的文化机构，还是当代文学爱好者的聚集地。这里的店员非常了解老顾客喜欢哪些图书，甚至能记住顾客们曾经买过的书。

这里的店员还可以凭借有限的信息，哪怕只是主角母亲的名字，推测出顾客想要的是哪本书。学术书店自成立以来，一直倡导宽容、思想自由和言论自由，他们从不审查书籍或作者，并大胆地展现一些新颖有趣的主题。

在芬兰，这家书店售卖的书籍种类最为广泛。店里有一个很大的外国文学区，一个关于芬兰历史、文化和自然的书籍区，以及来自世界各地的报纸和杂志。

1969 年秋天，书店搬进了由芬兰建筑师阿尔瓦·阿尔托设计的一座新建筑。阿尔瓦·阿尔托是北欧现代主义运动的主要人物之一，也是北欧最重要的设计大师之一。根据城市的环境特点，书店外立面做了铜包层设计。当顾客进入书店的主要内部空间——中央大厅时，他们会沐浴在从棱柱状的天窗射进来的自然光线中。

订阅出版物书店

俄罗斯

圣彼得堡，利特尼大道 57 号

订阅出版物书店不只是一家书店。如果你在圣彼得堡，这里是一个必去之地。走进书店，仿佛置身于童话故事和历史书的世界中，你可以花一整天的时间在这里阅读书籍，也可以向知识渊博的员工提出任何关于文学的问题，他们不仅会耐心解答，还会热情地为你推荐他们心仪的书籍。

在 20 世纪 20 年代的苏联，买书并不容易。如果你想购买某些作者的文集、百科全书或是杂志，你需要先去订购，然后等待通知——你期待的书终于有货了。

有时，人们甚至会从前一天晚上就开始排队，因为第二天早上会公布一些热门作家作品的订阅消息 。

1926 年

“订阅出版物书店”在列宁格勒（圣彼得堡在 1924–1991 年曾更名为列宁格勒）中心的涅瓦大街开业。这家书店采用订购模式运营，即顾客必须提前订购并支付费用，才能买到想要的书籍。

1940 年

到这一年为止，已有 20 万人通过订阅的方式购买到了书籍。

1941—1945 年

第二次世界大战期间，订阅出版物书店两次遭到轰炸，但即便在列宁格勒被围困的艰难时期，书店仍在继续营业。

1958 年

书店搬进了利特尼大道上的新通道大楼中。

新通道大楼建于 1912–1913 年，是一座两层的购物中心，由建筑师尼古拉·瓦西里耶夫和阿列克谢·布比尔采用北欧现代风格设计。

1979 年

加林娜·安东诺夫娜·叶尔马科娃被任命为新的书店经理。随着时间的推移，她的女儿和女婿也开始在书店工作。书店内增设了一个二手书区域和一个图书交换区。1991 年苏联解体后，加林娜一家从国家手中买下了书店，书店逐渐转变为家族企业，并得以继续运营。

20 世纪 20 年代后半期，订阅出版物在苏联开始大量出现。专门的订阅书店也应运而生。为了宣传即将推出的订阅出版信息，这些店铺不仅通过广播进行推广，还在主流报纸和电车上刊登广告。

2012 年

加林娜的孙子米哈伊尔·伊万诺夫对书店大楼进行了翻新并重新开业。他根据自己的文学品位挑选书籍，并专注于与书籍印刷品质高的小型出版商合作。

书店内部的装修旨在向容纳“订阅出版物书店”的这座历史建筑致敬。新的阳台和楼梯采用复古铸铁工艺，彩色玻璃窗复制了从前的装饰图案，玻璃柜和吊灯风格与之相匹配。现在，顾客来到这家书店不仅是为了买书，还为了在舒适的氛围中享受时光、处理工作以及与朋友见面。这家书店还会举办新书发布会、讲座、作者见面会和签售会。在这里，你可以让店员花几个小时帮你找书，即使最后你不买那本书也没关系。

2017 年

这家书店新增了一个区域，并成立了自己的文学出版社。

2020 年

书店扩展成了两层楼，使其空间增加了近四倍。在这里，你可以找到艺术、哲学类书籍，收藏版书籍以及外语书籍。除此之外，书店内还有一家咖啡店和一个儿童游乐区。

2023 年

在订阅出版物书店附近，有一家运营了 80 年但已关闭的“学术书籍”书店。订阅出版物书店在此书店的原址上开设了一家二手书店，在这里你可以找到很多珍稀书籍以及当代绝版书籍。

订阅出版物书店在社交媒体上的活动和创意特别值得称道。这些社交媒体账号由书店店员自行管理，他们经常会拍摄一些关于书籍的创意照片。例如，为了宣传马修·麦康纳的自传《绿灯》，他们买了一个交通信号灯和沙滩椅，在冬天的芬兰湾雪地上，穿着泳衣拍摄了一组图书宣传照。

博伊·帕拉
印度

西孟加拉邦，加尔各答学院街

加尔各答的学院街是一个书籍市场，也被称为“博伊·帕拉”，意思是“书城”，这里不仅是亚洲最大的图书市场之一，也是世界上最大的二手书市场之一。这条街的名字与19世纪在这里涌现出的许多学院和大学有关。

I 卡利亚尼书摊
II 米塔书摊
III 巴萨克书摊

这些学院和大学使这条街成为知识分子在这座城市的聚集地。这条街上有数百家书店，还有印度最大的出版社，以及著名的印度咖啡馆。几十年来，这里一直是印度作家主要的聚会场所。

令人印象深刻的是，这些书店形态各异，既有标准的砖混建筑，也有用竹子、帆布和金属板搭建的小型临时摊位。你可以坐在那里尽情阅读，想读多久就读多久，即使不买任何书也没关系。

当你走进这家书店，仿佛步入了一个由楼梯交织而成的奇妙大厅。这里的每一寸空间都充满了设计的巧思，镜面天花板巧妙地将下方的每一个轮廓与线条倒映其上，不仅增添了空间的层次感，更仿佛将整个空间在视觉上扩展了一倍，营造出一种梦幻而深邃的氛围。这种设计不禁让人联想到 M.C. 埃舍尔那充满幻想与几何美学的艺术作品，每一处细节都透露着对美的极致追求与探索。

这家书店的室内设计灵感来自其所在的城市——山城重庆的自然地貌。在外面，来访者只能看到一面玻璃幕墙；而在内部，深棕色的大厅各处散布着灯罩形状的书架。在大厅一角设有阅读长廊，书架的影子投射在地面上，形成了一个视觉上的书籍隧道。书店另一角是儿童阅读区，从儿童区走出来就是摆放着经典和心灵文学书籍的阅读大厅。书店顶层有一个休闲区，设有供来访者使用的卡座。重庆钟书阁由 X+living 设计，这是一家总部位于上海的建筑设计公司，该公司为多家中国现代书店打造出了令人惊叹的空间。

2024 年 8 月 27 日，钟书阁官方社交媒体账号宣布，开业 5 年的钟书阁重庆店将于 9 月 17 日晚正式停止营业。

钟书阁书店
中国

重庆市，九龙坡区杨家坪正街中迪广场 3 层

索里索穆恩书店
韩国

济州特别自治道，
济州市翰京面楸子洞路 8-31 号

索里索穆恩书店位于济州岛的一个偏远村庄里，藏身在一座经过翻新的传统民居中。这里是一个安静、舒适的地方，舒缓的音乐在空气中回荡，温暖的阳光透过窗户温柔地洒在书架和绿植上。

书店中所有的书都是由书店创始人朴林熙精心挑选的。当他还是个孩子的时候，他因故从城市搬到村庄。后来，他在当地的一家书店找到了心灵的慰藉。自那时起，他就决定要把充满书籍的小空间作为礼物，与更多人分享。他希望当人们在浩瀚的书海中找到那本恰好触动心弦的书时，将不再孤单。现在，每当他看到有人在他的书店找到恰好是最需要的那本书时，他都会感到非常高兴和自豪。

“一室一册”，这家书店每周只卖一本书！

店主森冈义之会精心挑选每周展示的书籍。他认为一周的时间恰好是展示一本书的理想周期，这样能够激发读者对书籍的特殊感情和独特体验，类似于日本的赏樱传统“花见”——欣赏樱花盛开（樱花的花期通常只有一周左右）。

为了进一步提升读者的阅读体验，森冈义之会组织一些以书为灵感的展览，展示与书籍内容相关的照片或陶瓷制品，有时还会在书页间夹上作者提到的一朵花。他还积极邀请作者和书籍设计师来书店与读者见面。

森冈书店位于历史悠久的铃木大楼的一层，铃木大楼是一座建于 1929 年的日本现代主义建筑。这里曾是日本工房出版公司所在地，该出版公司曾是日本平面设计领域的先驱。这也是森冈义之选择将书店开在这里的原因。

森冈书店
日本

东京都，中央区银座 1-28-15，

铃木大楼

图书在版编目（CIP）数据

24 间书店的环球之旅 /（俄罗斯）玛利亚·伊娃斯吉娜著绘；绿茶，方睦词译. -- 北京：海豚出版社，2025. 4. -- ISBN 978-7-5110-7317-4

Ⅰ. I512.85

中国国家版本馆 CIP 数据核字第 2025ZC8107 号

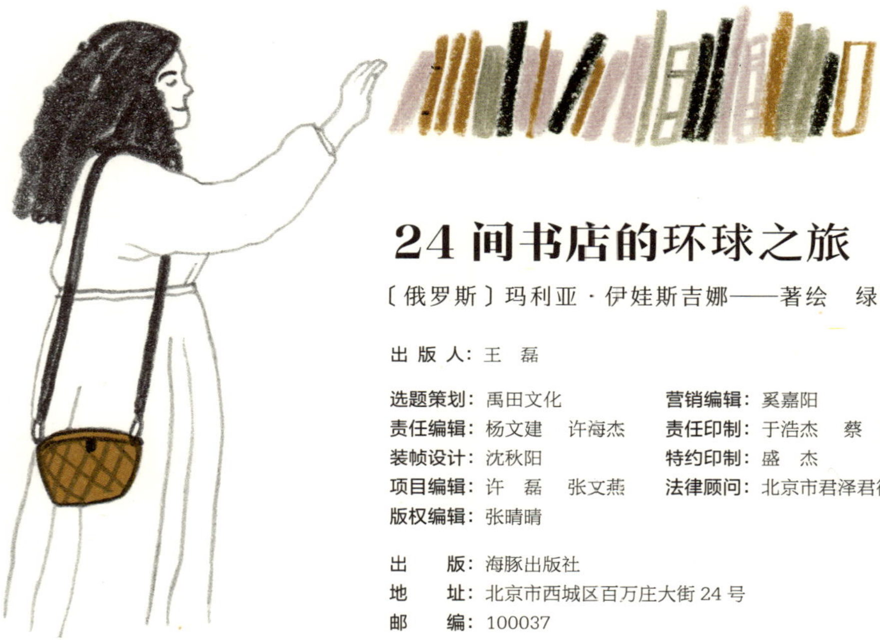

24 间书店的环球之旅

〔俄罗斯〕玛利亚·伊娃斯吉娜——著绘　绿茶 方睦词——译

出 版 人：王　磊

选题策划：禹田文化　**营销编辑：**奚嘉阳
责任编辑：杨文建　许海杰　**责任印制：**于浩杰　蔡　丽
装帧设计：沈秋阳　**特约印制：**盛　杰
项目编辑：许　磊　张文燕　**法律顾问：**北京市君泽君律师事务所　马慧娟　刘爱珍
版权编辑：张晴晴

出　　版：海豚出版社
地　　址：北京市西城区百万庄大街 24 号
邮　　编：100037
电　　话：010-88356856　010-88356858（销售）
010-68996147（总编室）
印　　刷：北京顶佳世纪印刷有限公司
经　　销：全国新华书店及各大网络书店
开　　本：8 开（787mm×1092mm）
印　　张：9
字　　数：50 千
版　　次：2025 年 4 月第 1 版　2025 年 4 月第 1 次印刷
标准书号：ISBN 978-7-5110-7317-4
定　　价：88.00 元
